처음 살아보는 인생이라서 그래
괜찮아

처음 살아보는
인생이라서 그래

괜찮아

오광진 지음

내일이 두려운 오늘의 당신을 위한 그림 에세이

미래북
miraebook

우리는 살아가면서

실패도 하고 실수도 하고

실망도 하고 상처도 받고

상처도 입히고 매 순간 선택해야 하고

그 못지않을 만큼 후회도 하며 살아간다.

너도 그렇고 나도 그렇다. 그래도 괜찮다.

왜냐하면

우리는 모두 인생이라는 걸 처음 살고 있기 때문이다.

그렇기에 실패해도 괜찮다.

그렇기에 실수해도 괜찮다.

그렇기에 실망해도 괜찮다.

너라서 괜찮다.

이 글은 《요즘 괜찮니? 괜찮아》 시리즈로 쓴 세 번째 글이다. 두 번째 글은 《지금 나에게 필요한 것들》이라는 책이다. 전 글들도 그렇듯이 이 글 역시 살아오면서 문득문득 깨닫거나 느낀 것을 적바림해 둔 것들이다. 이따금 내가 지쳐있거나 마음을 다잡고 싶을 때 한겨울에 따끈한 녹차를 우려 마시듯 꺼내 보는 글들이다. 나 역시 이 책에 실린 글처럼 살지는 못하고 있다. 다만 노력할 뿐이고 매번 사유하며 살고 싶을 뿐이다. 바라건대, 어떤 누군가에겐 내 글이 추운 겨울 따끈한 차처럼 언 몸을 보듬어 주었으면 좋겠다.

Contents

웃음이 있다는 것, 웃을 수 있다는 것

아직도 죽지 않을 만큼 건강하다는 증거야.

1
내가 나에게

:

아침에 하는 긍정이 나의 하루를
활기차게 만들어 줄 거야.

●

사람들이 나를 싫어한다고 속상하니?
나는 저 사람에게 잘한 것 같은데
준 만큼 내 마음을 몰라 주는 것 같아 야속할 때도 있지?
내가 많은 사람들을 좋아한다고
그 사람들 모두가 나를 좋아할 수는 없어.
우리가 간혹 망각하며 사는 것 중에 하나가 뭐냐 하면
내가 다른 사람을 싫어하는 이유가 있는 것처럼
그 사람도 나를 싫어하는 이유가 있는데 그걸 모른다는 거야.
애써 나를 좋아하게 만들려고 하지 마.

사람은 내가 노력한다고 해서 쉽게 바뀌지 않아.
사람은 느껴야지 알아. 그럴 땐 그냥 세월에 맡겨.
그게 그 사람에게 내가 할 수 있는 최선이야.

우리는 매 순간 선택을 하며 살지.
그리고 이 선택이 옳은 선택인지
옳지 않은 선택인지 매번 고민에 빠지곤 해.
고민 뒤에는 항상 마음이 힘들어지지.
고민에 빠진다는 것은 그 결과를 알 수 없기 때문이기도 해.
그 일이 망설여지는 일이라면
그냥 하지 마.
선택을 해야만 하는 일은
해보기 전에는 절대로 알 수 없는 일이니까.
만약 그 일이 정말 하고 싶은 일이라면
고민하지도 않고 바로 했을 거야.
안 그래?

+ THINKING ONE
가치 있는 것에 도달하는 길에는
지름길은 없다. ·

●

세상에서 참 슬픈 건
사랑하는 사람에게 사랑한다고 말할 수 없는 거고
그보다 더 슬픈 건
그 사람이 이 세상을 떠나 이름조차 부를 수 없게 되는 거야.

그렇기에 나는
그 사람이 살아있는 것만으로
감사하기로 했어.

●

지친 나에게 내가 해주어야 할 말은
"잘했어."
우리는 다른 사람에게는 칭찬을 잘하면서
정작 필요한 나에게는 안 해줘.
그동안 못 하면서 살았다면
오늘부터 해봐.
그렇게 한다면 그대는 내일부터
더 많은 사람들을 칭찬하게 될 테니까.

칭찬은 하면 할수록
상대도 빛나게 해주지만
나도 빛나게 해줘.
칭찬은 나를 빛나게 해줄 수 있는
광택제이니까.

●

만약 식사 때가 되어 "밥 먹자"고 연락해오는 사람이 있다면
그 사람 또한 그대의 사람이야.
그리고 이건 확실하게 알 수 있는 방법인데,
맛있는 무언가가 생겼을 때 챙겨주려는 사람이 있다면
그 사람은 당신을 사랑하는 사람이야.
항상 그대를 생각하고 관심을 가지고 있다는 증표야.
그런 사람들이 그대에겐
정말 소중한 사람들이며 평생 같이 갈 사람들이야.

+ THINKING ONE
삶의 무의미함을 느끼려면
소중한 것을 잃으면 된다.

웃음이 있다는 것
웃을 수 있다는 것
아직도 죽지 않을 만큼 건강하다는 증거야.

+ THINKING ONE
내려놔야 할 것들을 너무 오래 들고 살면
몸이 고장난다.

●

누구나 인생을 살아가면서 수많은 일을 겪게 돼.
울 일도 많고 웃을 일도 많고
때론 사랑하다가도 싸우기도 하고….

싸움은 누구나 피하고 싶은 일이야.
그러나 인생이라는 길을 가면서
싸움을 피하기는 그리 쉽지는 않을 거야.
수많은 사람과 수많은 일을 만나게 될 테니까.
저 사람과 정말 좋은 관계를 유지하고 싶다면
내가 손해를 보더라도 참아.
내가 저 사람을 이겨서 얻게 되는 건 나를 잠시 위로해주는 승리감이지만
그로 인해 좋은 사람을 잃게 되고 적으로 만들게 되잖아.
그대는 휘발성 같은 승리감을 선택하겠어?
아니면 좋은 사람을 잃는 것을 택하겠어?
내 생명을 위협하는 일이 아니라면
조금 손해 보더라도 참는 쪽이 좋을 거야.
그리 할 수 있다면
반드시 그대 주위엔 많은 사람들이 모여들 것이며
그로 인해 그대는 인적 자산이라는 재산을 얻을 수 있을 거야.
그거 알아?
인적 자산은 세금도 떼지 않는다는 거?

내가 참으면
나를 만만히 볼까 봐 두려워?

그럴 필요 없어.
오죽 못났으면 배려심 많은 그대를 만만히 보겠어?
그것은 아직 상대가 아이의 눈과 마음을 가졌기 때문이야.
몸은 어른인데 아직 가슴이 미숙해서 그러는 거야.
미숙아는 보살피고 가엾게 생각해야 할 대상이지
대결할 대상은 아니야.
성숙은 인내에서 비롯되며
성인의 척도는 인내야.

자신을 가꾸는 데만 몰두해 있는 사람은 세월이 갈수록
추해질 수 있지만
타인을 보듬고 빛나게 해주는 사람은 세월이 갈수록 빛나.
보석이 어둠에서 빛을 낼 수 있는 건
그 보석을 빛나게 해주는 또 다른 빛이 있기 때문이야.
그 빛이 그대이길 바라.

+ THINKING ONE
젊어질수록 멋을 찾고
나이가 들어갈수록 맛을 찾는다.
멋을 알고 맛을 알면 세상 잘살다 가는 것이다.

●

하루의 시작은 잠에서 깨어나 눈을 떴을 때부터야.

눈을 떴을 때의 기분 상태에 따라 하루의 값어치가 결정되기도 해.

기분 상태는 내가 어떻게 마음을 먹느냐에 따라 달라져.

지나가는 자동차 경적 소리에 잠을 깼다면

기분이 그다지 좋지는 않을 거야.

그럴 땐 이렇게 생각해.

"저 소리가 내 귀에 들리는 걸 보니 내 귀는 아직 쓸만하군."

이왕 벌어진 일을 되돌릴 수는 없잖아.

아침에 하는 긍정이 그대의 하루를 활기차게 만들어 줄 거야.

아침에 먹는 사과가 꿀사과인 것처럼

아침에 하는 긍정적인 사고는 하루를 잘 살게 해주는 꿀팁이야.

●

이 세상은 혼자서는 살 수가 없지.
당신이 홀로 고독에 빠져 있을 때도
세상은 생동하며 숨 쉬고 있었고
당신이 잠을 자는 그 시간에도
누군가는 불을 밝히고 있었으며
당신이 편안하게 앉아 버스를 타고 있을 때도
어떤 이가 운전을 하고 있었어.
그래서 알게 된 건,

결코 사람은
혼자 살 수 없다는 거야.

내일.
아직 실패하지 않는 하루이기에 좋고
아직 상처받지 않은 하루이기에 좋고
아직 후회하지 않아도 될 하루이기에 좋다.

+

THINKING ONE
우리는 매일 하루하루와 이별을 한다.
그렇기에 매일 하루하루가 새로움인 것이다.

●

사람 사이는 말이야.

너무 멀지도 않고 너무 가깝지도 않은 적당한 간격을 두는 게 좋아.

너무 뜨겁지도 않고 너무 차갑지도 않은 적당한 온도가 좋아.

너무 가까우면 한눈에 안 들어오고

너무 멀리 있으면 초점이 흐려져 잘 안 보이잖아.

너무 뜨거우면 데이고 너무 떨어져 있으면 춥잖아.

나에게 다가온 모든 것들은 내 인생에 필요한 것들이었어.
그것이 선이었든 악이었든.
선함은 선함대로 나에게 이로움을 주고
악함은 악함대로 나를 단련시키는 트레이너였으며
선함의 고마움을 일깨워주는 역할을 했지.
그러므로 인생에선 버릴 게 하나도 없어.

+ THINKING ONE
모든 노름은 돈을 따먹어야지
사람을 따먹으면 안 된다.

●

인생을 살아가다 보면
이런 일 저런 일, 많은 일이 생겨.
그리고 우리가 걱정하는 만큼 아무 일도 생기지 않을 때도 있어.
또한 '내일 무슨 일을 해야지' 하다가도
깜빡 잊어먹을 때도 있지.
뿐만인가?
'오늘부터 술을 끊어야지' 하다가도 어느샌가 망각하고
술잔을 기울이고 있는 나를 발견할 때도 있지.
그럴 때면 자신이 한심하게 여겨지기도 해.
그러나 너무 자학하지는 마.
사람은 완전할 수가 없어.
우리가 알고 있는 위대한 사람들도
한 가지씩은 부족해.
남과 비교하지 마.
남과 비교하여 그들의 인생을 따라 하면
그건 내 인생이 아니고 남의 인생이 되는 거잖아.
조금 부족하면 어때?
부족하니까 그걸 채우려고 사는 것이 인생이잖아.

●

세상엔 눈 뜬 장님들이 정말 많은 것 같아.
우리는 보기 좋은 떡에 마음을 너무 많이 빼앗기며 살고 있는 것 같아.
그런데 실제로 막상 먹어보면 맛있던가?
맛이 있을 수도 있고 그냥 그럴 때도 있고
기대만큼 못 미칠 때도 있고
맛이 없을 때도 있었어.
맛집이라고 찾아갔는데 겉이 주는 화려함보다는
실속이 없는 맛에 실망한 경우가 한두 번은 있을 거야.
사람도 음식과 별반 다르지 않아.
외향이 화려하고 달콤하다고 해서
내향도 화려하고 달콤할 거라는 생각은 금물이야.
사람은 보이는 것이 20%, 안 보이는 것이 80%래.
세상은 눈에 안 보이는 것 때문에 존재하듯
보이는 것만으로 사람을 판단하는 건 위험한 일이야.
왜냐하면 선입견이라는 것이
그 사람의 진가를 왜곡시킬 수도 있고 때론 죽일 수도 있지만
나 자신도 어리석음이란 함정에 빠뜨리기도 하니까.
비록 겉은 허름한 식당이지만 음식 맛이 좋은 식당도 많듯
이 세상엔 겉보다 속이 좋은 사람이 더 많다는 걸
잊지 않았으면 좋겠어.

+ THINKING ONE
내가 편안한 곳이 내 집이고
나를 편안하게 해주는 사람이 내 사람이다.

●

누구에게나 시련이 오고 행복도 와.
당신에게도 오고
나에게도 오고
화려한 배우에게도 오고
돈 많은 재벌에게도 와.

그리고 왔다 가는 바람처럼 언젠가는 지나가지.
다만 그것이 영원할 거라고 믿고 있는
나 자신이 거기 있을 뿐이야.
언제까지 그렇게 그 자리에 머물러 있을 거야?
시련도 왔다 가고
행복도 왔다 가고
다시 또 오고.
이제는 그것들을 담담하게 맞이해야 할 때가 온 것 같아.

어렸을 때는 부모님에게 나를 맞춰야 했고
학창시절에는 학교에 나를 맞춰야 했으며
사회에 나와서는 회사에 나를 맞춰야 했어.
어쩌면 우리는 세상에 맞춰서
살아야 함에 길들여진 존재인지도 몰라.
이것이 인간 세상에서의 생존방식인지도 모르지.
그러나 이제는, 적당한 정정이 필요할 것 같아.
세상에 나를 맞추는 게 아니라
순리에 나를 맞추는 걸로

●

불혹을 지나 이제 지천명을 향해가는 나.
마음은 청춘이지만 몸은 이미 어른이 돼버렸네.
이제는 청춘이었던 그 시절을 그리워하며
현실이 주는 무게를 견디고 버텨내야 해.
그런 나를 누군가 위로해주었으면 좋겠어.
너만 그런 게 아니라고.
그러던 어느 날
그동안 소원했던 친구에게서 전화가 걸려왔어.
친구는 내게 마음은 청춘인데 어른인 척하며
살아야 하는 현실에 한숨짓더라.
"너도 그러니? 나도 그래."
아군이 생긴 기분이었어.
동지가 있다는 것.
그래서 나이가 먹어가는 게 덜 외로운 것 같아.

+ THINKING ONE
미안하다는 말은
"나 좀 사랑해줘"라고 말하는 것과 같은 말이다.

●

요새는 이유 없이 이따금 외로워질 때가 있다.
누군가에게 전화해서 외롭다고 말하고 싶지만
마땅한 사람이 떠오르지 않아.
이 넓은 세상에
나를 생각해주는 사람 하나 없는 것 같고
나만 빼고 모두 행복한 것 같고
막상 이럴 때 연락하려니
마땅한 사람이 떠오르지도 않더라고.
한참을 휴대폰만 뒤적거리는
내 자신이 초라해지더니
눈물이 와락 흘러내리네.
그러다 문득 '너도 나와 같겠구나' 하는 생각이 들었다.
용기를 내서 친구에게 전화를 걸었지.
기다렸다는 듯이 반갑게 받지 뭐야.
'그래, 너도 나와 같았구나.'

지금의 흔들림은
들꽃들이 수없이 맞는 바람 때문이야.
그대가 흘리는 눈물은
들꽃을 잠시 젖게 하는
비일 뿐이야.
어느 시인의 시처럼
흔들리지 않고 피는 꽃은 없어.

언젠가는 바람과 비를 맞으면서
끝내는 꽃을 피우고
열매를 맺는 들꽃처럼 그대 역시 그럴 테지.
언 땅을 뚫고 나온 작물이 튼튼하고 뿌리를 깊이 박는 것처럼
이 땅에 모든 흔들림을 이겨내는 사람들은 그렇게 될 거야.

+ THINKING ONE
사랑은 힘들어서 무너지는 게 아니라
위로를 못 받아서 무너지는 거다.

지금의 내가 과거의 나를 보면서 느낀 것들은
아무리 감동받고 자극적인 일을 당해도
사람은 쉽게 변하지 않는다는 것.
사랑하는 사람과 헤어져 삶이 무의미해지고
곧 죽을 것 같이 아파도
시간이 흐르면 무디어진다는 것.
사람마다 기회가 오는데
준비가 되어 있지 않은 사람은
기회가 와도 잡지 못한다는 것.
그러므로 준비된 자는 두려울 게 없다는 것.

●

언젠가부터 친하게 지내던 친구와의 사이가 소원해졌어.
내가 전화를 해도 여느 때와 다르게 퉁명스럽게 전화를 받거나
아예 안 받을 때도 있었지.
나중에 알게 된 사실이지만 나에 대해 무언가 오해를 하고 있었더라고.

오해를 풀기 위해 그 친구를 만났어.
나는 그 친구의 말을 묵묵히 들어주었지.
그리고 그 친구가 원하는 대로 사과를 했어.
"네 마음이 안 좋았겠구나? 마음 상하게 해서 미안해."

나 또한 하고 싶은 말이 있었지만
말이 많아지면 오해의 골이 더 깊어질지도 몰라 그 친구의 말만 들어준 거야.
대체로 오해를 풀려면 먼저 그 상대의 상처를 보듬어 준 후에
내 입장과 사정을 차분히 말하는 게 좋아.

오해를 풀기 전에 상대의 마음을 먼저 풀어주는 것
오해를 푸는 가장 빠른 길이거든.

+ THINKING ONE

당김과 끌림 없이 노력으로 만들어진 인간관계는
노력이 멈추면 소멸된다.

십 년 전에 일이었어.

하는 일마다 엉키고 설켜 나를 몹시도 힘들게 한 적이 있었어.

왜 나에게만 이런 일이 생기는지 세상이 원망스러웠지.

남들은 저렇게 잘살고 있는데

왜 나만 이렇게 힘든지….

그런데 그때 즈음

문득 이런 생각이 들었어.

'내가 남들의 인생을 부러워하는 건

남들의 인생은 멀리서 보고

내 인생은 가까이에서 보고 있어서 그런 건 아닐까?'

어쩌면 내가 부러워하는 사람들도 나를 볼 때 부러워할지 몰라.

때로는 나를 멀리서 보는 것도 나쁘지 않아.

살아가면서 우리는 많은 일을 겪잖아.

일을 겪을 때마다 매우 심각하게 고심하지만

시간이 지나고 나면 별것 아닌 게 태반이야.

우리는 그냥 받아들이는 연습과 함께

오늘을 후회하지 않도록 오늘을 살면 돼.

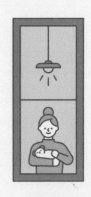

+ THINKING ONE

인간은 불편한 것을 못 견뎌 하기에
인간은 누구나 좋은 쪽에 서고 싶어한다.

●

나는 사람의 인연에 대한 미련이 비교적 많은 사람이야.
한번 알게 된 사람은 쉽사리 놓지 않지.
좋게 말하면 많은 사람들에게 관심을 주고 싶다는 마음이랄까.
그중엔 내가 먼저 연락을 해야
그나마 관계유지가 되는 인연들도 상당수야.

그런데 언젠가부터 '내가 사람에게
너무 집착하고 있는 것이 아닌가?' 하는 의문이 들더라.
저들 중엔 내가 연락을 하지 않으면 끊어질 인연이 과반이야.
때론 그들에게 서운할 때도 있어.
어쩌면 내가 외로운 마음에 사람들에게 애착을 더 가졌는지도 모르지.
나만 인연의 끈을 놓으면
내 마음이 다칠 일도 아파할 일도 없을 텐데…
왜 인연에 연연하며 가슴앓이를 했을까?
굳이 내가 노력하지 않아도 이루어질 인연은
이루어지게 되어 있고
이루어지지 않을 인연이라면 붙잡아도 갈 테지.

'나를 힘들게 하는 사람 때문에 더는 가슴을 다치진 말자' 다짐해.
그냥 놓아 주는 게 내가 나를 위해 할 수 있는 최소한의 예의야.
이별 뒤엔 반드시 내 마음에 아픔도 깃들겠지만
그 아픔은 더 좋은 기쁨을 맞이하기 위해 거쳐야 할 과정이지.
인생살이에서 어리석음 중 하나는
'내가 변하면 상대도 변하겠지' 하는 바람이야.

어느 작가의 말처럼 인생은 이별 연습일지도 몰라.
어제 먹었던 음식과도 이별해야 하고
방금 전 아홉 시 뉴스 속 아나운서의 말과도 이별을 해야 해.
이별을 어떻게 잘 하느냐에 따라 인생의 잘살고 못살고가 결정지어지지.
나를 위해 떠나보내는 법도 배워야 해.
이별 연습이 잘 되어 있으면 이다음 이 세상을 떠날 때
미련을 남기지 않고 잘살다 갈 수 있지.

●

어른이 되어갈수록
다가오는 모든 것들이 나이의 속도만큼
지나가는 듯해.

아침 먹은 지가 아까 같은데
저녁을 준비하는 나를 보곤 하니까.
하루도 빨리 가고
한 달도 빨리 가고
엊그제 1월이 된 것 같은데 어느새 연말이 다가와 있네.

그래서 말하고 싶어.
사랑을 시작하려면 빨리 하라고.
망설이는 순간에도 시간은 가니까.
사랑하기도 바쁜 세상에 흘러가는 세월만 세기엔
지금 이 시간이 너무 아깝지 않아?

사랑이 끝났다는 것을 알고 싶다면?
선물이 끊기면 사랑도 끝났다고 봐야 한다.
사랑을 하면 주는 행복이 더 큰 법이니까.

●

어렸을 때는 빨리 어른이 되고 싶었지.
어른이 되면 보이는 것이 많아 포용력도 좋아질 줄 알았어.
그러나 막상 어른이 되고 나니
보이지 않았던 걸 보게 되었고
보이는 것이 많은 만큼 싫어하는 것도 많아졌어.
이 사람은 말이 많아 싫고
저 사람은 있는 척해서 싫고
또 어떤 사람은 나보다 좋은 차를 타고 다녀 기죽어서 싫고
저 사람이 나보다 돈을 잘 벌어서 싫고
또 어떤 사람은 나보다 많이 배워서 싫고….
반면 좋아하는 것이 줄어들었어.

그러던 어느 날 거울 속에 나를 보게 되었지.
거울 속에는 누군가 나를 싫어할 것만 같은 사람이 있었어.
왠지 내가 측은해지더라.
그리고 감싸 주고 싶었어.
어쩌면 내가 싫어하는 사람들도 나와 같이 측은한 사람일지도 몰라.
나와 같이 외로운 사람일지도 모르고.
그런 생각이 가슴에 스미니
그들을 감싸주고 싶어지더라.
어쩌면 이것이 인간이 인간을 포용해야만 하는 근본적인 이유가 아닐까?

그 후로 나는 '싫다'를 '좋다'로 바꿔봤어.
그랬더니 그동안 단점에 가려 안 보이던 장점이 보이게 되었지.
부정이 긍정으로 변하는 건 마음먹기에 달린 거였어.
이 사람이 말이 많기에 심심하지 않아서 좋고
저 사람이 있는 척이라도 하니 도와줄 게 없어서 좋고
저 사람이 나보다 좋은 차를 타고 다니니 그만큼 안전해서 좋고
저 사람이 나보다 돈이 많으니 가끔 비싼 음식을 얻어먹어도
부담스럽지 않아서 좋지 뭐야.
무엇보다 싫어하는 것보다 좋아하는 게 많아져서 좋더라.

인간의 삶이란, 이런 게 아닐까?
한창 꽃다운 청춘도
죽을 것처럼 아팠던 슬픔도
그 시절 동반자였던 친구도
불같이 뜨거웠던 사랑도
마지막일 것 같은 인연도
때가 되면 다 지나가고 사라지는 것.
그리고 다시 찾아오는 것.
그러니 인생이 진부하다고 낙심하지는 말자.
다 지나간다는 건 새로운 무언가가 온다는 말과 같은 말이니까.
우리는 그저 새로운 무언가를 멋지게 받아들이면 되는 거야.

명죄에 이런 말이 있다.
'기분이 좋으면 생기. 기분이 나쁘면 살기.'

●

바다에는 뱃길을 알려주는 등대가 있어.
사거리에는 방향을 알려주는 신호등이 있지.
그러나 인생에는 지시등이 없어.
그래서 인간은 늘 불안하지.
말을 하지 않아서 모를 뿐이지,
너도 불안하고 나도 불안해.
그래서 인간은 혼자서는 못 사나 봐.
서로에게 지시등이 되어주어야 하니까.

✚ THINKING ONE
소나무는 자라면서 스스로 가지치기를 한다.
거목으로 크기 위해서 가지치기는 필수이다.

●

참 많이도 참고 살았어.
그러나 살다 보니 인내하는 것만이
좋은 것은 아니라는 생각이 들었지.
인내해서 좋은 결실이 생기는 일도 있지만
그 과정에서 받는 상처들은 날 괴롭혔고
스트레스로 인해 내 육체가 병들 때도 있었어.
육체가 힘드니 정작 나에게 좋은 기회가 와도
잡지 못하는 경우도 있었고.

아픈 만큼 성숙해질 수도 있지만
또 상처받을까 하는 두려운 마음에
섣불리 행하지 못하는 경우도 많아.
이제는 나에게 너무 힘든 일이 오면
그냥 놓으려 해.
포기가 아니라
체념이 아니라
나를 좀 더 보호하기 위해서.

나는 집을 나서기 전에
매일은 아니지만 가끔 외치는 구호가 있어.
'넌 참 멋져! 넌 지금 잘하고 있어!'
남이 날 응원해주기 전에
내가 나에게 응원을 먼저 해주자.
이런 응원이 나를 더욱 당당하게 만들고
긍정적인 사람으로 발전시켜.
이 세상에 영원한 아군은 나니까.

2

내가 너에게

인연은 눈에 보이는 게 아니다.
마음에 감돌면 그게 인연인 거다.

●

나에게 좋은 사람이 어떤 사람인지 알 것 같아.
나에게 좋은 사람은 좋은 날씨와도 같은 사람이야.
덥지도 않고 춥지도 않고
습하지도 않고 건조하지도 않아서
그 어떤 불만도 가지지 않는 사람.
같이 있으면 무슨 말을 할까 고민하지 않아도 되고
무엇을 먹을까 고민하지 않아도 되고
내 얼굴에 더러운 것이 묻어 있어도
신경 쓰지 않고 무덤덤하게 일상을 살아도 되는 사이.
갈등이 생기거나 서로 아프게 만들지 않아서
별 탈 없이 잔잔한 물처럼 흘러가는 사이.
특별한 일도 없고 재미있는 일이 없어 밋밋하게 하루를 보내지만
그런 일을 바라지도, 만들지 않아도 되어서
하루를 편안하게 보낼 수 있는 사이.
오늘이 어제와 같이 지나도
나는 이제 그런 사람이 좋아.
어쩌면 그런 사람이야말로
나에게 진짜 좋은 사람이 아닐까?

+ THINKING ONE

인연은 눈에 보이는 게 아니다.
마음에 감돌면 그게 인연인 거다.

●

살아가다 보면 결과라는 것이 예상 밖으로 벌어질 때가 있어.
곰곰이 생각해 보지만 도무지 그 이유를 모르겠어.
그런데 어쩌면 그 이유를 모르는 것이 아니라
인정하고 싶지 않는 것은 아닐까?
무슨 일인가를 할 때 충분한 생각을 하고
충분히 알아보고 했겠지만
결과가 이해할 수 없게 나왔다면
내가 보고 싶은 것만 보고 아는 것만 인정해서 그럴지도 몰라.
이제부터라도 보기 싫은 것도 보고
하기 싫은 일도 해보고 그렇게 하다 보면
결과가 왜 그런지 알게 되지 않을까?
이유 없는 결과는 없어.
다만, 그걸 인정하지 않으려는 내가 있을 뿐이지.

내 친구 중엔 매일 허허거리며 사는 친구가 있어.
그런 친구에게 사람들은 이렇게 말하지.
근심 걱정 없이 살아서 좋겠다고, 부럽다고.
하지만 세상에 근심 걱정 없이 사는 사람이 있을까?
다만, 그 친구는 말을 하지 않는 거였어.
나만 힘들다고 생각하지 말자고.
세상 사람 다 근심 걱정하면서 살아.
그러니까 우리는 서로에게
위로가 되어주면서 살자고.

●

세상살이가 자기가 의도한 대로 되면
얼마나 좋을까?
하지만 야속하게도
원하는 대로 되지 않잖아.
풀리지 않는다고 답답해 해본들
그 일이 해결되던가?

그렇다고 너무 슬퍼하지는 말자고.
그냥 아직 때가 안 된 거라고 생각해.
인생이라는 것이 참 요상해서
비관하는 사람은 계속 비관 속에서 살게 하고
많이 힘들어도 웃는 사람에겐 어떤 식으로든 햇살을 깃들게 하니까.
별일이 아닌 것에 우는 사람과
힘들어도 웃는 사람이 있다면
당신은 어느 쪽으로 마음이 가던가?
사실 우리는 열심히 일해서 힘든 게 아니라
마음을 혹사시켜서 힘이 든 거야.
온돌방도 온도를 적당히 해야 편안하듯
군불을 쉬지 않고 때면 뜨거워서 견디기가 힘들잖아.
마음이라는 것도 이와 별반 다를 바 없어.
때론 속을 태우던 마음에 군불도 식혀야 해.

감정은 지나가고 생각은 의지로 바꿀 수 있다.

●

우리는 당연히 있어야 할 것들이 사라졌을 때
불행함을 느껴.
그러다가 나보다 더 불행에 빠진 사람을 보고
스스로 안도하곤 하지.
그러면서 말해.
"난 저 사람 같지 않아서 얼마나 다행이야."

사실 우리는
많은 것들을 가지고 있으면서도
감사할 줄 모르고 사는 것 같아.
당연히 있어야 할 것들이라고 생각하지.
그러나 이 세상엔 당연한 게 없어.
이 사실을 알게 되면
나에게 있는 것에 감사하게 되고
내가 가지고 있는 것 때문에 행복하게 될 거야.

+ THINKING ONE

시간이 답이고 세월이 약이라는 것은 우리보다 앞서
이 세상을 살다간 선배들이 인생살이에서 찾아낸 최고의 명답이다.

사람은 직접 겪어보지 못하면 알 수가 없어.
당신 주위에도 사람들에게
평판이 안 좋은 사람이 있을 거야.
그러나 막상 만나보면
평판과는 다르게 지극히 좋은 사람도 있어.
누군가의 기준에 내가 맞출 필요는 없지.
그건 내 인생을 사는 것이 아니라
남의 인생을 사는 것이니까.

●

가끔 자존심은 내어주어도 돼.
자존심이라는 것은
나무로 보면 나뭇잎 같은 거라
떨어지면 언젠가는 새잎으로 다시 나니까.
그러나 자존감을 잃어서는 안 돼.
자존심이 나뭇잎 같은 거라면
자존감은 나무를 지탱하는 뿌리와 같은 것이니까.

자존감을 잃지 않으려면
지금의 나를 사랑해야 해.
남들보다 좋은 옷을 안 입으면 어때?
사람 다 옷을 벗으면 알몸이 되는 건 마찬가지야.
그러한즉 남들보다 못났다고 자신을 질책하지 마.
비굴해지지도 말고.
그러기엔 오랜 세월 함께한
내가 나에게 미안해지잖아.

나에게 미안해지지 않으려면
나를 사랑하면 돼.
내가 어느 순간 못나 보여도
그냥 애교로 봐주자고.
애인이 실수하면 애교로 봐주잖아.
애인 눈에 눈곱이 껴도 그것마저 사랑스럽잖아.
그러면서 왜 자신에겐 그렇게 관대하지 못해?
자신을 애인 보듯이 봐줘.

남들에게 사랑받고 싶어?
자신을 애인으로 바라보게 되면
언젠가는 당신에게 누군가가 나타나
"당신은 정말 사랑스러운 사람"이라고 말해줄 거야.

✚ THINKING ONE
나를 초라해지지 않게 만들어주는 사람이 진짜 내 사람이다.

좋은 사람을 만나고 싶으면
내가 먼저 좋은 사람이 되면 돼.

그리할 수 있다면
내가 찾으려 하지 않아도
좋은 사람들이 나를 먼저 찾아와.
그리고 그들은 내가 해준 것보다
더 많은 걸 나에게 주고 싶어 할 거야.

나 자신도 이해하지 못하는데
누군가를 어떻게 이해시킬까?
나 자신도 이기지 못하면서
다른 이를 이긴들 그게 무슨 의미가 있을까?
나 자신도 감동시키지 못하면서
어떻게 다른 사람을 감동시킬 수 있을까?
나 자신도 사랑하지 못하면서
어떻게 그 사람을 사랑할 수 있을까?

내가 비로소 설 때
남도 세울 수 있는 법이지.

●

지금까지 살아온 내 인생을 평가받고 싶다면
내가 가지고 살던 가치관과 기준을 잠시 내려놓고
남의 말에 귀 기울여봐.
당신은 이미 당신이 만든 틀에 갇혀있기 때문에
객관적인 평가를 내리지 못해.
남의 말에 귀 기울여보는 것.
이것이 역지사지의 기본이고
통찰력을 키우게 하는 초석이며
나를 가로막는 관념을 깨는 방법이야.

병아리가 알을 깨고 나와야 닭이 되듯
둥근 지구 밖에 광활한 우주가 있듯
내 틀을 깨고 나와야 더 큰 세상을 만나게 되고
더 큰 사람이 될 수 있어.

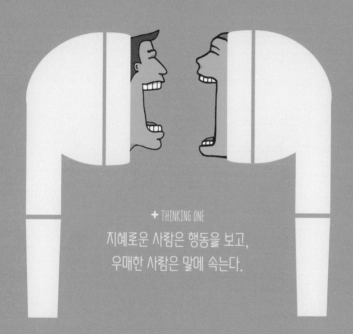

+ THINKING ONE

지혜로운 사람은 행동을 보고,
우매한 사람은 말에 속는다.

●

경쟁 사회에 살고 있는 우리를 보고 있노라면
절로 한숨이 나와.
경쟁 사회에서 살아남으려면 남들보다
잘해야 하고 뒤처지면 안 되기에
휴식시간에도 쉬지 못하고 노력해야 하니까.
이제는 서서히 지쳐가.
이런 나에게 말하고 싶어.
돈, 명예, 성공보다 더 중요한 것은 행복이라고.
행복은 외부에서 오는 것이 아니라,
내부에서 오는 게 진짜 행복이라고.

✛ THINKING ONE
얻는 것 없이 잃는 것은 없다.

말하는 것보다 더 어려운 것은
들어주는 것이라고 하지.
들어주는 것은 사실 무한한 인내력이 필요해.
말은 안에 있는 것을 밖으로 내보내는 것이고
들어주는 것은 밖에서 온 것을 안으로 들어오게 하는 거거든.
내 이야기를 귀 기울여 들어줄 사람이 있다는 것은
나의 짐을 덜어주기에 많은 위안이 돼.
내 이야기에 귀 기울여 주는 사람이 있다면
당신은 정말 잘살고 있는 거야.

우리는 자기중심적으로 세상을 보지.
자기의 기준에 맞지 않으면 틀린 거라 말하고,
그러나 그건 '틀린' 게 아니라 '다른' 거야.

우리는 '틀리다'와 '다르다'를
같은 말로 쓰고 있는데
이거야말로 틀린 생각이지.

내가 옳고 저 사람이 틀렸다는 사고에 벗어나
다름을 인정할 때
당신은 당신이 가두고 있는 틀에서 벗어날 수 있어.

+ THINKING ONE
진짜 바보는 자기가 자기에게 속는 사람이다.

한 치 앞도 모르는 게 사람이야.
당신의 과거가 초라하다고 해도
미래 또한 초라할 거라고 생각하는 것은 큰 오산이지.
당신이 만약 오늘보다 더 나은 내일을 원한다면

지금의 궁핍은 감수해야 해.
그것을 감수하지 못하면
당신의 미래는 더 큰 불행과
더 많은 불편함이 남을 테니까.

●

참고 사는 것만이 능사는 아니야.
너무 많은 것을 참고 사는 사람들은
사는 게 재미없다고 말해.
가족을 위해 참고 돈을 아끼느라 참고.
가끔은 쉬면서, 즐기며 사는 법을 택해야 해.
그렇게 쉼표 없이 계속 참고 살다 보면
어느샌가 내 인생이 아닌 남의 인생을 살게 돼.
남의 인생을 사느라 자신의 인생을 허비하며 살다 보면
이다음 정작 나에게 오는 시간은 후회의 시간이 되고 말 거야.

+ THINKING ONE

내일이 있어 좋은 건 아직도 아무것도 실패하지 않은 하루이기 때문이다.

●

사과하는 법을 잘 모르는 사람들이 있어.
사과했는데 나의 진심을 몰라 주는 사람도 있고.
그럴 때면 황망함이 가슴을 메우지.
때로는 내 사과를 안 받아주는 상대가 야속하기도 해.
그러나 야속해하지 마.
어쩌면 당신이 당신을 정당함으로 합리화시키려고
여러 이유를 장황하게 늘어놓았을지도 모르니까.
사과는 나에게 맞추는 게 아니라
상대에게 맞추는 거거든.
내가 잘못했다면 의도가 어떻든
여러 변명을 늘어놓지 말고 사과 먼저 해야 해.
그 사과를 받아주고 안 받아주고는
전적으로 그 사람의 몫이야.

●

우리는 누구나 인정받길 바라지.
그래서 때로는 마음에도 없는 가식적인 행동을 하곤 해.
그런데 행복 또한 남의 잣대에 맡길 때가 있더라.
다른 사람이 자기를 행복하게 보아야 행복한 줄 알아.
지금 충분히 행복할 수 있는데
남들 시선 때문에 그걸 모르고 사는 거지.
행복은 남의 기준이 아니라 내 기준이야.

행복에 반드시 들어가야 할 요소는 '재미'지.
제아무리 사회적인 지위를 얻어도
제아무리 돈이 많은 갑부라도
그 안에 재미가 없으면 행복하지 않아.
행복하지 않은 사람들은 말하거든.
사는 게 재미없다고.
반대로 행복해지려면 재미있는 것을 찾으면 되는 거야.
앉아서 감 떨어질 때를 바라지 말고.
행복해지려는 사람들은 앉아서 기다리지 않아.
행복을 찾기 위해 그만큼 뛰어다니지.
그리고 그들은 끝내 행복을 찾아내.
그들이 진정 찾은 건, 행복에 이르게 하는 삶의 재미지.

+ THINKING ONE
부모의 부재가 그 사람을 궁핍하게 하지 않는다.
누군가 단 한 사람이라도 자기를 사랑하면 그건 의미 없다.

준비된 자만이 성공으로 다가갈 수 있어.
준비된 자만이 기회가 오면 잡을 수 있고.
그러니 기회가 생기면 망설이지 말고 도전해야 해.
꿈은 품어놓고 시도하지 않으면
당신이 소망했던 일은 이룰 수 없어.
사람이 위대한 건 하고자 하는 마음을 먹으면
무엇이든지 할 수 있기 때문이야.
다만, 실행하느냐 안 하느냐의 차이가 있을 뿐이지.

지금 불행하다고 해서
영원히 불행해지지 않아.
20년 전 불행하다고 생각했던 시절이
지금 생각해 보면 행복했던 시절이라고 여기듯
지금의 불행도 어쩌면 먼 훗날 행복했던 시절로 기억될지 몰라.
행복은 이렇게 내가 어떻게 생각하느냐에 따라 결정돼.
피할 수 없으면 즐기라는 말이 있잖아.
이왕이면 그 순간을 즐겨보도록 해.
세상은 누리는 자의 것이거든.
확실히 행복은 객관이기보다는 주관 쪽에 서 있는 것 같아.
그러니 행복은 누리는 자의 것일 수밖에.

+ THINKING ONE
자기에 대해 가장 잘 아는 사람은 자기 자신이다.
그러므로 비전문가의 말에 휘둘릴 필요는 없다.

●

내가 만들어낸 사고에 갇힐 때가 있어.
그럴 땐 한 번쯤
내가 믿고 있는 것이 진실일까?
냉정하게 살펴봐.
그것이 진실일 때
비로소 자유로워질 수 있어.

진실이란 그런 거야.
나를 자유롭게 만들어주는 것.
진실과 함께 있다면 언제나 자유롭고,
세상에 당당하게 맞설 수 있어.

브레이크가 없는 삶은 언젠가는 사고가 나게 되어 있다.

●
우리가 살아가면서 실수하는 것은
모두 다 처음 살아가는 인생이라서 그런 거야.
그래서 서툰 거지.
아이가 처음 숟가락을 잡을 때 서툰 것은 당연해.
그래서 당신이 실수를 해도 괜찮은 거야.
처음이기에.

●

오랜 기간 단골로 다니는 마트가 있어.

20년 전에는 주인이 나를 총각이라고 부르더니

아이를 낳고 나니 아저씨라고 불렀지.

그러더니 요새는 아버님이라고 부르지 뭐야.

세월이 흘러 나이가 먹어감에 따라 나를 부르는 호칭이 달라졌어.

아직 마음은 청춘인데 말이야.

마음이란 그런 건가 봐.

늙지도 않고 죽지도 않는 것.

나이가 먹어간다고 너무 슬퍼하지 마.

진짜 나란 존재는 외모가 아니라 마음이니까.

마음을 어떻게 먹고 가꾸느냐에 따라

추하게 늙어갈 수도 있고

고고하게 늙어갈 수도 있어.

●

지금까지 살아오면서
그만큼이나 뜨는 해도 보고 지는 해를 무덤덤하게 봤는데
이제는 지는 해를 감상하게 되었어.
술 냄새도 싫어했던 내가
이제는 술맛도 알게 되고
이렇게 나는 어른이 되어가나 봐.
그러나 이 나이 먹도록 제대로 이루어놓은 것은 없어.
그래서 한심스럽게 생각하냐고요?
아니.
오히려 그래서 좋아.
다시 시작할 것이 남아 있고
마무리 지어야 할 게 남아 있으니까.

●

인생을 살다 보면
실패도 하고
실수도 하고
그로 인해 자괴감이 생길 때가 있어.
그런데 너무 자괴감에 빠져들진 마.
정말 부끄러운 것은
그 자괴감에서 헤어나지 못하는 자신이니까.

+ THINKING ONE
마라톤에서 가장 빨리 가는 방법은 걷지 않고 뛰는 것이다.

●

돈이란, 사람이 사는 곳에선
없어서는 안 될 가공의 것이지.
신의 능력을 부여받은 것이 돈이라니 그 위력은 실로 대단해.
왕의 위에 있는 것도 돈이라지.
인류가 생긴 후 돈은 인간 위에서 군림해 왔다고 해도
과언이 아닐 거야.
오래전 돈의 용도로 쓰였던 브라이드 머니는
결혼을 하기 위해서는 없어서는 안 될 물건이었고
조개껍데기로 만든 왐푼 블러드 머니는
사회적인 신분을 나타내는 용도로 쓰였대.
오늘날에는 종이돈이 저것을 대신하고 있지.
이렇게 돈과 사람은 불가분의 관계였어.
돈은 인간과 더불어 진화했지.
그래서 알게 된 건 인간의 멸망이 곧 돈의 멸망이라는 거야.
그러나 전지전능하다는 신의 능력을 부여받은 돈도
인간이 가진 것 중에 빼앗지 못하는 것이 있어.
그건 거부권이야.
돈에 관한 한 이 거부권을 잘 행사해야 해.
이 권리를 잘 쓰지 못하면 공든 탑이 모래성처럼 부서질 테니까.

●

당신이 저녁을 마치고
한가롭게 티비를 보면서 시원한 맥주 한잔을 마시고 있다면
아주 좋은 삶을 살고 있다는 증거야.
왜냐하면
아무런 걱정이 없을 때 할 수 있는 여유니까.

✛ THINKING ONE
"재미있니?"라는 말은 "행복하니?"라는 말과 같다.

●

사람에겐 사람이 다일 수가 있어.
그만큼 어떤 인연을 만나느냐에 따라
인생의 호불호가 바뀌기도 하지.
사람에겐 사람이 다일 수가 있으니
어느 날 갑자기 인연을 잃게 되면 얼마나 슬플까.
인간에게 가장 큰 아픔은 아마도 그것일 거야.
그러나 인간이 인간에게 큰 아픔을 주지만
그 아픔을 치유해주는 것도 인간이야.
인연을 잃은 슬픔은 인연으로 치유해야 하지.

+ THINKING ONE

그 사람에게서 숨겨놓은 본심을 보았을 때 온기적 감정은 싸늘한 시체가 된다.

●

소리 나는 방귀보다
소리 없는 방귀가 더 독하다지?
눈에 보이는 것보다 눈에 안 보이는 것이 더 무섭고 말이야.
말이 많은 사람보다 말이 없는 사람이 더 무서운 법이지.

요란하게 흐르는 물보다 소리 없이 흐르는 물이 더 깊어.
대지를 진동시키며 뜨는 비행기보다
고요하게 떠 있는 달이 더 드높고
빈 수레보다 가득 찬 수레가 더 알차기도 하고

그러니 나 잘났다 으스댈 거 하나 없어.

세계에서 욕이 가장 많은 나라가 한국이라고 해.
욕이 많다 보니 기분 상하는 일도 많지.
그럴 땐 이렇게 생각해보는 건 어떨까?
'저건 그냥 문자나 소리에 지나지 않아.'
제아무리 좋은 말이라고 해도 내가 어떻게 받아들이느냐에 따라
기분이 좋아질 수도 있고 무덤덤해질 수도 있듯
듣는 사람의 입장에 따라 달라지는 게 '말'이거든.
충고나 비방이나 욕설 같은 것에
너무 내 마음을 내어주진 말자고.
그러기에는 내 시간이 아깝잖아.

자존심은 나무의 잔가지나 이파리고
자존감은 나무의 큰 줄기나 뿌리야.
나무는 이파리 없어도 살아갈 수 있지만
뿌리가 없으면 살 수 없어.
만약 당신이 누군가의 자존감을 짓밟았다면
지금이라도 사과해야 해.
자존감을 회복시켜 주는 것은
당신의 진심 어린 사과이니까.

+ THINKING ONE
거짓말을 한다는 것, 그건 그 사람이 두렵기 때문이다.

설익은 채소는 먹기라도 하지.
덜 여문 옥수수가 찌면 더 맛있거든.
설익은 매실은 매실청이라도 담글 수 있지.
그런데 설익은 사람은 어디에다 쓰지?

+ THINKING ONE
일찍 펴서 일찍 지는 꽃보다
더디게 피더라도
오래 갈 수 있는 꽃이 돼라.

3

우리가 우리에게

당신은 단점을 장점으로 바꿀 능력이 있는가?
그렇다면 당신은 대단한 능력을 가진 사람이다.

인류지성사는 오역에 의한 창조의 역사.

오래전 사람들은

지구가 둥글다는 것을 믿지 않았다고 해.

그러나 지금의 사람들은 지구가 둥글다는 것을 다 알고 있지.

내가 아는 것이 잘못된 사실일지라도

그 잘못된 사실을 바로 잡을 때

진실이 성립돼.

진실의 성립, 그것이 창조이지.

세상에서 나와 가장 맞지 않은 사람은
내가 영혼의 교감을 말하고 있을 때
숫자놀음을 하고 있는 사람이야.

✚ THINKING ONE
자기 생각과 상대의 본심이 다르다는 걸 알게 되면
인간관계는 멀어진다.

●

세상은 당신의 노력을 배신하지 않아.
세상을 바꾼 건 비관론자가 아니라 낙관론자이며
세상을 이끌어 온 건
부정적 마인드를 가진 사람이 아니라
긍정적인 사람이거든.

인류가 생기면서 우리는 눈부신 발전을 해왔지.
돌로 쟁기를 만들어 농사를 짓던 시대에서
이제는 기계로 농사를 짓고
돌칼로 산짐승을 잡던 수렵시대에서
이제는 총으로 수렵을 할 수 있는 시대가 되었어.
그 외에도 인간사에 편리를 가져다주는 창조물들은 많아.
그러나 인간 세상에서 가장 위대한 창조물은 음악과 문자야.

+ THINKING ONE

문자를 독점한 사람들은 지식을 독점할 수 있고
지식을 독점한 사람은 문화를 독점할 수 있다.

누구나 정상까지는 올라갈 수 있어.
거기까지 올라간 것은 순전히 나의 능력이야.
하지만 인격이 갖추어 있지 않으면 머무를 수 없어.

+ THINKING ONE

착각이라는 것이 허무함도 주지만 어떤 나약한 사람에겐
버티게 해주는 원동력이기도 하다.

어제 흐른 물에
또다시 손을 담글 수 없듯
지난 일에 미련과 분노와
새 눈물을 흘리진 마.

지난 일은
그냥 흐른 물이고
바람일 뿐이야.

●

어설픈 사람은 짧게 여행을 하고 다 아는 척을 해.
그런 사람을 우리는 선무당이라고 부르지.
아무리 그곳이 좋다고 해도 반드시 이면이라는 게 있어.
제대로 된 여행을 하려면 그 이면을 볼 줄 알아야 하거든.
이것은 사람도 마찬가지야.
제아무리 첫인상이 좋다 해도 그것이 그 사람의 전부일 수는 없어.
그 사람의 이면도 모르면서 어찌 그 사람을 높게 평가할 수 있겠어.

그런 사람을 두고 플라톤이 말했지.
무지에서 오는 용맹함이라고.
그 말에 우리의 선조들도 동의했어.
선무당이 사람 잡는다고.

●

사람의 감정이란 참으로 오묘해.

좋아하는 사람과 잠시라도 헤어지면 고통이 오거든.

반대로 싫어하는 사람과 잠시 동안 있어도 고통이 생겨.

이런 고통은 내가 만든 습관 때문에 오는 거야.

내 마음대로 할 수 없는 외부의 것들 때문에 생기는 통증이거든.

좋아하는 사람을 내 옆에 두고 싶지만

그건 그 사람 마음이니 내가 어쩌지 못할 것이고,

싫어하는 사람 또한 내치고 싶지만

내 맘대로 되지 않으니 고통이 오는 거야.

지금부터라도 이 고통에서 벗어나려면 외부의 일은 외부에 맡겨.

어차피 그 고통은 당신이 어쩌지 못하는 것들이니까.

진정한 자유는
자기가 가지고 있는 욕구로부터
벗어날 수 있을 때 와.

+ THINKING ONE

사람이 되면 사랑이 된다. 'ㅁ'이 다듬어져서 'ㅇ'이 된 것이니까.

●

많은 사람들은 불운을 당했을 때 좌절을 하지.
그러나 위대한 사람들은 달라.
오래전 에디슨의 연구소에 불이 났을 때
위로를 해주는 사람들에게 에디슨이 그랬대.
"이 불길이 나의 모든 실패작들을 없애주어 너무도 고맙다네."

●

모든 창조물들은 보기엔 하나이지만
창조물이 탄생되기까지는 수많은 손길이 있었어.
작가는 한 권의 책을 만들기까지 수천 수백 페이지를 써야 하고
요리사는 하나의 요리를 만들기까지
수많은 재료를 자르고 조리해야 해.
이 세상에서 가장 쉬운 건 살아있는 동안 숨 쉬는 것밖에 없어.

✚ THINKING ONE
최선을 다한 뒤에 포기는 나약함이 아니라 정당함이다.

진실은 물에 뜬 기름과 같아.
그래서 가라앉히려 해도
가라앉게 할 수가 없지.

●

따뜻한 온기가 있는 건
그게 뭐든 의지가 되더라.
그래서 개나 고양이를 키우나 봐.

난 매일 되뇌어.
넌 충분히 기적이라고.
그리고 또 말하지.
내일도 기적일 거라고.

+ THINKING ONE

능력은 절대로 스스로 발하지 않는다.

●

이 세상에서 가장 위대한 힘은 사랑의 힘이야.
사랑은 누군가를 살게 해주는 거야.
당신이 지금 누군가를 사랑하고 있다면
당신이 그 사람을 살아가게 해주고 있는 거야.

용서할 수 없는 자와
용서할 가치가 없는 자의 차이는 뭘까?
전자는 그나마 인간,
후자는 미물.

당신에게 만약 용서할 가치가 없는 사람이 있다면
이제는 마음에서 놓아버려.
미물을 마음에 두고 산다는 건 나에게 창피한 일이니까.

+ THINKING ONE

돈이 구겨져도 그 가치가 변하지 않듯,
우리의 자존심이 구겨져도 그 가치는 변하지 않는다.

●

사람들은 애먼 일에 시간을 쏟으면 낭비했다고 하면서
감정 노동으로 시간을 낭비하는 건 낭비했다고 생각하지 않아.
그러나 더 손해 보는 낭비는
감정 노동으로 나를 혹사하는 일이지.
감정을 다쳐서 손해고
덤으로 시간까지 낭비했으니 그럴 수밖에.

●

진실의 실체에 대해 돈키호테가 말했어.
'진실이 휘어질지 몰라도
절대로 부러지지는 않는다.
있는 그대로의 진실은 물에 뜬 기름처럼
항상 거짓을 누르고 떠오르기 마련이다.'

그러니 진실이 왜곡되었다고 너무 속상해하지 마.
만약 사람들이 진실을 몰라본다면
물과 기름을 구분 못하는 그들을 측은하게 보면 되니까.

+ THINKING ONE
소화 못 시킬 음식은 먹는 게 아니듯,
소화 못할 사람은 담는 게 아니다.

현명한 사람은 사랑을 하지.
하지만 어리석은 사람은
사랑을 이해하려 해.

+ THINKING ONE
마음이 빠진 의무감은
알맹이 없는 껍데기와 같은 것이다.

우리는 인간이라는 이름으로
지구라는 같은 공간에서 살아가고 있어.
그러나 같은 공간에서도 살아가는 방법은 다 달라.
왜냐하면
아는 만큼 세상을 살아가고 있기 때문이야.

✚ THINKING ONE
버린다는 것은 소중한 것을 남기기 위한 작업이다.
더 중요한 것을 위해 덜 중요한 것을 버리는 것이다.

●

나뭇잎이 가벼워서
강물을 타고 유유히 흘러갈 것 같지만
절대로 바다로는 갈 수 없어.
때가 되면 강물에 잠기니까.
오히려 바다로 다다를 수 있는 건
무거운 쇠로 만든 배야.

+ THINKING ONE
당신은 단점을 장점으로 바꿀 능력이 있는가?
그렇다면 당신은 대단한 능력을 가진 사람이다.

사람은 저마다의 무게를 가지고 살지.
그 무게만큼 아프고 힘이 들어.
그러니 만약 아프다면
들을 수 있을 만큼만 들어봐.
등에 든 짐이 너무 무거워졌을지도 모르니까.

●

어느 날 갑자기 당신에게 일확천금이 하늘에서 떨어졌다면
생각지도 못한 횡재라 뛸 듯이 기쁘겠지.
그러나 그 기쁨도 잠시 일확천금이 사라진다면
그럴 때 대다수의 사람은 허무함을 느낄 거야.

쉽게 들어온 것은 쉽게 나가는 법이지.
그게 돈이든 사람이든.
허무라는 건 어렵게 들어온 것이
쉽게 나갈 때를 말하는 것이지
쉽게 들어온 것이
쉽게 나갈 때 쓰는 말이 아니거든.

진리는 다수결로 정해지는 게 아니야.
진리는 진리로서 존재해.

많은 사람들이 그게 맞다고 해서
정해지는 게 아니라고.

✦ THINKING ONE
사람이 무서운 건 거짓말을
할 수 있는 동물이기 때문이다.

내용이 더 중요할까?

결과가 더 중요할까?

스포츠 경기를 예로 들자면

경기 당시엔 내용을 기억하지만

후에는 결과만을 기억하곤 하지.

비단 스포츠만 그럴까?

사람 사는 세상 속 일들도 별반 다르지 않아.

내용은 별로 중요하게 생각지 않는 것 같아.

인생사에서는 결과보다는 내용이 더 중요한 것인데도 말이야.

결과보다는 인생을 어떻게 살고 있느냐가

더 중요하지 않을까?

당신이 만약 내용을 중요하게 생각하는 사람이라면

당신이야말로 부처인 셈이지.

+ THINKING ONE

후회 없이 할 만큼 했고

노력해도 안 되는 거라면 포기해도 괜찮다.

인도 속담에 이런 말이 있어.
'사람이 배우려는 마음을 먹으면 신이 스승을 보낸다.'
무엇을 배우고자 할 때는 망설이지 마.
뜻이 있는 곳에 길도 있으니까.

상처받은 자들에게 들려주고 싶은 말이 있어.

누군가 나에게 썩은 쥐를 던졌다고 화가 나서
그 쥐를 다시 주워서 던지면 내 손에 오물이 묻잖아.
굳이 오물을 묻힐 필요는 없어. 세상이 알아서 다 갚아주거든.

마음에 가장 무거운 짐이 미움과 증오야.
그걸 들고 있는 자신이 불쌍하지도 않아?

순진한 건 죄가 아니야.

그러니 자책하지 마.

사실 순진하다는 것은 부러움의 대상이지 기만의 대상이 아냐.

우리 모두는 세상에 나올 때 순진으로부터 시작했어.

순진하다는 것은 깨끗한 마음과 맑은 영을 가지고 있다는 거야.

두 개의 방이 있어.

하나의 방은 깨끗한 방이고

또 다른 하나의 방은 더러운 방이야.

당신은 어느 방을 택할까?

1초의 망설임도 없이 깨끗한 방을 택하겠지.

만약 깨끗한 사람과 더러운 사람이 있다면

당신은 어떤 사람을 택할까?

두말할 것 없이 깨끗한 사람을 택할 거야.

순진한 사람이 바로 깨끗한 방이자 사람인 셈이지.

당신이 바로 그런 사람이야.

+ THINKING ONE

가장 좋은 파트너는 자기로 하여금

나를 돋보이게 만든 사람이다.

나를 편안한 사람으로 만드는 기도

다름은 다름대로 인정하시고
아닌 건 아닌 것대로 놔두게 하시고
이 세상에 다가온 것은 모두 바람이라
머물지 않음을 인지하게 해주시고
흐르는 것은 흐르는 대로 보내게 해주소서.

막 지나간 버스는 손을 흔들면 탈 수도 있지만
어제 흐른 물에는 손을 두 번 담글 수 없어.
어제의 구질구질했던 날들이 후회스럽다면
조금만 참고 기다려봐.
장맛비에 구정물이 흘러가면 맑은 물이 흐르니까.

✚ THINKING ONE
화가 나도 시간은 느리게 가고
창피해도 시간은 느리게 간다.

●

남자들이 애교 있는 여자를 더 좋아하는 이유가 뭘까?

생김새, 몸짓, 억양 등 여러 가지 이유가 있지만

그중에서도 애교의 중심은 목소리야.

일반적인 여성의 목소리 공명주파수는 200~250Hz 정도라고 해.

그런데 콧소리는 일반 공명주파수의 열 배나 많게 올라간다는군.

이 음역대가 우리 대뇌변연계를 자극시키는

아주 좋은 주파수 영역이 된다고 해.

대뇌변연계가 자극이 되면서 남자의 이성을 관장하는 전두엽을 억제시켜

남자가 쉽게 유혹당하거나 감정적으로 흥분된 상태에 이를 수 있게 한대.

만약 당신의 배우자가 당신에게 무심하다면

언젠가부터 애교가 없어서일지도 몰라.

애교란 사랑을 표현하는 또 다른 방법이야.

사랑은 많이 표현할수록 손해 보는 일은 없어.

●

우리는 단 한 번 인생을 살 수밖에 없어.
그렇기에 인생에는 연습이 없지.
실수 좀 하면 어때?
실패 좀 하면 어때?
우리도 처음 살아보는 인생인데.
그래서 괜찮아.

✚ THINKING ONE
가치 있는 것은 빨리 되지 않는다.

●

20세기 최고의 피아니스트인 호르비츠에게 기자가 물었어.

"선생님은 한 곡을 얼마나 연습하십니까?"

그러자 호르비츠가 말했다.

"나는 연습을 하지 않습니다."

기자가 나가자 피아노 소리가 들려왔어.

그 소리에 기자가 따져 물었어.

그러자 호로비츠가 이렇게 말했지.

"나는 연습을 한 게 아니라 백 번을 연주한 것뿐이오."

같은 일을 반복하더라도 연습이 아닌

연주라고 생각하면 늘 새롭지 않을까?

사람에게 없을 수도 있는 것이 '다음'이다.

헤어짐이란 인간이 어찌할 수 없는 불가항력적인 일 아닐까?
때가 되면 우리에게 다가온 모든 것들은 떠나가.
어제 보았던 꽃도 오늘이 되면 시들지도 모르고
어제 나뭇가지에 매달려 있던 주홍색 단풍잎도
오늘 떨어지고 없을지도 몰라.
사람도 마찬가지지.
제아무리 영원할 것 같던 인연도 언젠가는 떠나가고
이미 떠났을지도 몰라.
인연을 잃은 슬픔은 우리를 너무 아프게 해.
그러나 너무 슬퍼하진 마.
어쩌면 떠난 사람은 나에게 성숙한 인연을
만날 수 있는 기회를 열어준 사람일지 모르잖아.
꽃이 떠나면서 다시 맺힌 건 열매이듯이
인연을 잃은 슬픔은 인연으로 치유해야 해.

●

나의 자존감을 짓밟은 사람이
어느 날 사과를 해왔을 때
도저히 받아줄 수 없다면 이렇게 말해.
"미안하단 말도 하지 마. 당신에겐
최소한의 양심도 갖게 하고 싶지 않으니까."
그렇게 해서 후련하다면 말이야.
그렇지 않으면 용서해줘.
자존감의 회복은 자존감을 잃게 한 사람의 진심 어린 사과이니까.

+ THINKING ONE
사람은 몸에 상처가 나면 제일 먼저 치료를 하면서
마음에 상처가 나면 제일 먼저 치료할 생각을 하지 않는다.

기억이 추억으로 변하고
추억이 그리움으로
남는다는 것.
우리는 그렇게
늙어가야 하는 거야.

아무것도 할 수 없을 때
내가 할 수 있는 일은 뭘까?
인정하고 받아들이는 일이야.

+ THINKING ONE

내일이 무섭다고 오늘의 행복을 포기하지 마라.
내일이 올지 안 올지는 오늘이 지나봐야 알 수 있다.

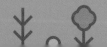

●
"기다려"라는 말로
상대의 시간을 축내지 마.
"너의 마음에 순응해."
"기다려"라는 말은 내 마음이고
기다림은 네 마음이야.

●

상대가 나를 비방했을 때
이해해야 하는 이유가 뭘까?
이해라도 안 하면 그 사람이 너무 불쌍하잖아.

+ THINKING ONE
돈은 구겨져도 그 가치가 소멸되지 않지만,
쓰레기는 구겨져도 쓰레기요, 펴도 쓰레기다.

이런 사람을 만나길 바라.
돈이 있을 때는 겸손하고
돈이 없을 땐 당당한 사람.

말을 하는 건 상대와 내가 공유하기 위한 수단이야.
듣는다는 것은 둘이 공유한 것을 담아두는 거고.
담아두는 것은 사랑이야.
그러나 우리는 정작 담아두어야 할 것은 담아두지 않고
담아두지 말아야 할 것들을 담아두고 살아가고 있어.

안 좋은 말을 들었을 때
마음에 담아두지 말라고 하잖아.
왜냐하면 그건 사랑이 아니고 독이기 때문이야.
독소가 우리 몸에 쌓이면 결국 손해 보는 건 자기거든.

이 말에 공감한다면 오늘부터 좋은 말만 들어.
좋은 말이 주는 진짜 강력한 효과는 변화야.
나를 변화시키고 싶다면
오늘부터 하루에 세 번씩 좋은 말을 해봐.
반드시 당신에게 좋은 변화가 생길 거야.

+ THINKING ONE
예쁜 얼굴을 가지고 있는 사람보다 예쁘게 말하는 사람을 만나라.
외모엔 유통기한이 있지만 말씨는 유통기한이 없다.

●

소크라테스의 부인 크센토페는 악처의 대명사야.
그러나 정말 크센토페가 악처였을까?
진짜 악처는 배우자를 아무것도 못하는
바보로 만드는 사람이 진짜 악처야.
부부는 서로에게 의지하기 위해서 맺어진 인연이야.
의지의 본성은 본래 부족하다는 의미를 내포하고 있어.
부족한 것이 있으니 서로 의지를 하며 사는 거야.
이 세상엔 성숙한 사람은 있어도 완벽한 사람은 없어.
인간이 완전체라면 혼자 살지 왜 부부로 연을 맺겠어?

당신의 배우자가 답답해?
처음 접하는 거라 그래.
익숙지 않아서 그래.
당신도 익숙지 않으면 서툴잖아?
당신의 배우자가 무엇을 못한다고 탓하지 마.
탓하는 순간 당신의 배우자는 바보가 되는 것이고,
그 순간 당신은 배우자를 바보로 만드는 악처가 되는 거야.
진짜 좋은 배우자가 되고 싶다면
당신이 할 수 있는 일을 배우자가 하려 할 때 지켜봐 줘.
그리고 묵묵히 거들어 줘.
오래전 처음, 당신 역시 그 일을 못했으니까.

+ THINKING ONE
사람이 결혼을 하는 이유는 뭘까? 온전히 자기만의 사람을 갖기 위해서이다.

누군가 나를 만만하게 보는 사람이 있지?
당신 또한 누군가를 만만하게 보는 사람이 있을 거야.
만만하다는 것, 좋게 해석하면 편안함과 편리함이지.
누군가 당신에게 편안함과 편리함을 준다면
그 사람은 당신을 배려하는 사람일 거야.
이 말에 공감한다면
당신이 만만하게 보는 사람이
당신에겐 우스운 사람이 아니라
당신에게 배려하고 있는 사람임을 알게 될 거야.

●

게으른 사람에겐 돈이 따르지 않는대.
변명하는 사람에겐 발전이 따르지 않는대.
당신에게 돈이 따르게 하려면 오늘부터 부지런해봐.
당신에게 발전이 없다면 변명하기보다는 원인을 생각해봐.
그래도 돈이 따르지 않고 발전이 없다면
이 생에서 빚 갚는다 생각해.
그렇게 그렇게 살다 보면 어느샌가 복이 와.
'빚을 갚는 것'과 '복을 짓는 것'을 한 자로 줄이면
그게 '덕'이야.
덕은 얻을 득(得)과 마음(心)이 합쳐진 말이야.
즉 마음을 얻는 것이 덕이지.
마음을 얻는 것이 곧 돈이고 발전이 아니겠어?

●

자존심은 나뭇잎이고 자존감은 뿌리야.
나뭇잎은 떨어지면 내년에 다시 나지만
뿌리가 뽑히면 끝이거든.
혹여 타인과 싸움을 하게 된다면
자존심은 건드려도
자존감은 건들지 마.
그건 곧 그 사람을 죽이는 행위이니까.

+ THINKING ONE

마음과 생각의 차이가 뭘까? 그건 온도에 있다.
마음에는 온기가 있어도 생각에는 온기가 없다.

●

나에게 좋은 사람은 누굴까?
내 말을 잘 들어주는 사람일까?
나에게 맛있는 것을 주는 사람일까?
다 좋은 사람이지.
그러나 더 좋은 사람은
나에게 맞는 사람이야.

●

성질이 사나운 사람을 보면
왠지 같이 있기 싫어지지.
신경질적인 사람과도 마찬가지야.
그러나 사실 눈에 보이는 것보다
눈에 보이지 않는 것이 더 무서운 법이지.
그렇듯이 어쩌면 발톱을 숨기고 있는 사람보다
발톱을 내놓고 있는 사람이 더 낫지 않을까?
좋은 말로 희석하면 자기감정에 솔직한 사람이니까.
그런 사람은 안 보면 되니까.

+ THINKING ONE
눈에 보이는 것만이 다가 아니다.
세상은 눈에 안 보이는 것들에 의해 움직인다.
그래서 안 보이는 게 더 무서운 거다.

일—일일이 말하지 않아도 알지?

이—이 마음을 다 전하지 않아도 알 거야.

삼—삼삼하게 생기지 못한 내가

사—사심 없이 당신을 좋아한다는 걸.

오—오랜 세월 동안 세상 풍파에 시달려

육—육체가 비록 힘들어도

칠—칠십 년이 될지, 팔십 년이 될지 모를 인생길에 당신이 있어 행복해.

팔—팔자인가 봐. 당신을 사랑해야는 게.

구—구구절절 말하지 않아도 알지?

십—십 년이 흘러도 백 년이 흘러도 당신을 사랑할 거라는 거.

일—일일이 말하지 않아도 알아.

이—이 마음이 당신 마음 같아서 말하지 않아도 알아. 내겐 더없이

삼—삼삼하게 생긴 당신이

사—사심 없이 나를 좋아하고 있다는 걸.

오—오랜 세월 동안 세상 풍파에 시달려

육—육체가 힘들었을 거야.

칠—칠십 년이 될지 팔십 년이 될지 모를 인생길을 한결같이 나만 보고
　　걸어오고 있는 당신이 있어 나 또한 행복해.

팔—팔자인가 봐 나도. 당신을 기다리는 게.

구—구구절절 말하지 않아도 알지?

십—십 년이 흘러도 백 년이 흘러도 난 당신만을 기다리고 있다는 거.

●

아인슈타인이 그랬어.
연약한 사람은 복수하고
강한 사람은 용서하고
똑똑한 사람은 무시한다고.

강한 사람이 용서를 하는 이유는
용서만큼 최고의 복수는 없기 때문이고
똑똑한 사람이 무시하는 것은
복수할 때 사람은 그 사람과 같은 수준이 된다는 것을 알기 때문이야.
그래서 아리스토텔레스가

'최선의 복수는
악행을 한 사람과
같이 되지 않는 것이다'
라고 했나 봐.

+ THINKING ONE

수건이 걸레가 될 수는 있어도
걸레가 수건이 될 수는 없다.

좋은 기운을 가진 사람에게 좋은 일들이 생긴다지.
부정적인 말과 생각을 하면 안 좋은 일들이 몰려온대.
잘 살고 싶으면 고치면 돼.
좋은 기운을 가지고 싶다면
오늘부터 부정적인 생각과 불평을 끊어봐.

●

내가 어찌할 수 없는 것들에 연연하게 되면
필연적으로 불행해져.
그냥 흐르는 대로 놔둬.
거센 물살도 흐르다 보면 잔잔해질 때가 오니까.

+ THINKING ONE
어려움이 쌓이면 무거워지고 무거움이 쌓이면 놓게 되는 거다.

●

공부를 하는 이유는 나를 위해서 하는 거야.

나에게 좋은 차와 집을 지어주기 위해 하는 거라고.

결국 공부는 나에게 행복한 삶을 주려고 하는 것이지.

그래서 "공부하기 싫어!"라는 말은
"행복해지기 싫어!"라는 말과 같아.

자살은 역설적으로 완벽해지고 싶은 사람이 하는 거야.
인간은 완벽해질 수 없어.
우리 모두가 처음 사는 인생들이라 그래.
만약 우리가 인생을 두 번, 세 번 살 수 있다면
완벽에 가까운 사람이 되었을지도 몰라.
그렇다면 신이라는 존재는 이 세상에 없었겠지.

+ THINKING ONE
돌아간다는 것, 거기에 시작이 있기 때문이다.

●

지금 당신이 누구에게 무시를 받고 있다면
기분이 그다지 좋지 않을 거야.
그로 인한 최고의 복수는
그런 사람들에게 보란 듯이 성공하는 거야.
그것이 당신 생에 최고의 희열일 거야.
그리고 그것이 영국의 정치 경제학자인 월터 배젓이 말했듯
당신 생에 가장 멋진 일이 될 거야.
그러나 조금 더 생각해보면
당신을 성공하게 만든 원동력은 당신에게 자극을 준 그 사람이지.
어쩌면 그 사람이 당신의 스승일지도 몰라.

자기 얼굴이 못생겼다고 너무 자학하지 마.

울퉁불퉁하게 생긴 모과를 보고 세 번 놀란다고 하지.

못생겨서 놀라고

그 향에 놀라고

그 맛에 놀란다고 말이야.

생김새보다 더 중요한 것은

그 사람의 향이고 그 사람의 됨됨이야.

+ THINKING ONE

한 알의 씨앗이 떨어져 껍질을 벗지 않으면

그대로 남지만 껍질을 벗으면 열매를 맺는다.

●

내 마음이 허하거나 우울감에 빠져 있을 때 연애를 하면
상대에게 연인이 아닌 괴물이 될 수 있어.
채우지 못한 허기 때문에 그 사람에게서 채우려 하지만
내 마음대로 안 되지.
우울감에서 헤어나오려 그 사람에게 의지하지만
당신 마음을 몰라주는 상대 때문에 더 연연하게 되지.
허기와 연연이 집착으로 변해 더한 괴로움을 주게 돼.

집착으로 인한 괴로움이 더해질수록 사람은 괴물로 바뀌지.
사랑은 내 안에 사랑으로 충만해 있을 때 할 수 있어.

같은 욕이더라도
욕하는 사람이 누구냐에 따라 강도가 달라져.
바보가 욕을 하는 것은 나에게 모멸감을 주지만
난사람이 욕하는 것은 나를 잘되게 하려고 하는 회초리야.

+ THINKING ONE
거목이 되기 위해선 잔가지 치기는 필수다.
그 아픔은 끝이 아니라 단단해지고 있음을 알리는 성장통이다.

●

사람이 재산이라는 말이 있어.
사람 사는 세상에는 사람이 다일 수가 있지.
어떤 사람과 연을 맺느냐에 따라 흥망성쇠가 갈리기도 해.

사람은 세 부류가 있대.
자신이 준 것보다 많이 받길 바라는 부류(테이커)
자신이 준 것만큼 받길 바라는 부류(매처)
자신이 받은 것보다 더 많이 주려는 부류(기버)

연구 결과에 의하면 이 세 부류 중 사업으로 성공한 사람들은
아이러니하게도 세 번째 부류인 기버가 많대.
왜냐하면 이런 사람들 주위에는 사람들이 많이 모이기 때문이지.
자신이 받은 것이 있기 때문에 마음이 더 가는 거야.
그러나 이런 부류가 성공하려면 하나의 철칙이 있어.
자신을 이용하려는 사람은 가차 없이 멀리한다는 거야.
인생을 살면서 느끼는 것 중에 하나는 '베푼 만큼 온다'는 것이지.

+ THINKING ONE
귀차니즘의 정도에 따라 상대방에 대한 본심의 정도를 가늠할 수 있다.

●

마트에서 파는 식료품에 유효기간이 있듯
사람의 인연에도 유효기간이 있어.
낡고 헤지고 식고 쓸모가 없어지면 끝나버려.
그걸 소멸한다고 하지.
불이 꺼진 거야.
불이 꺼진 방에서 보이는 것은 없어.
밝은 것은 다른 것을 보이게 하지.

●
사람이 감정적 동물이긴 하지만
거기에 너무 속박당하지는 마.
감정이 나를 지배하면 의존적이 되고
나머지가 보이지 않게 되니까.

●
오늘도 어떤 사람의 말 때문에 상처를 받았다면
냉정하게 생각해봐.
그 사람이 이 세상을 위해 또는 자길 위해
무엇을 일구어냈는가를 말이야.
만약 그 사람이 일구어낸 게 없다면
그들의 노래는 소음일 뿐이야.
그 소리를 경청해서 마음을 빼앗기는 건
한심한 짓이지.
더 한심한 건 그들의 소리에 경청하고 있다는 거야.
만약 그 사람이 무언가 이루어낸 사람이라면
그건 상처가 아니라 몸에 좋은 약일 테지.

●
돌아가는 길을 잃었거나
갈 수 없을 때는 어떻게 해야 할까?
거기서 다시 시작하면 돼.
그게 창조야.

✚ THINKING ONE
하나를 잃으면 다른 무언가가 채워진다,
그걸 찾는 사람과 찾지 못하는 사람이 있을 뿐이다.

●

무언가에 도전하고 있어?
그러다 그것을 실패했어?
그럼 다시 도전해.
그랬는데도 실패했다고?
괜찮아.
첫 번째 도전보다
덜 실패하면 되니까.
실패를 조금씩 줄이다 보면
성공에 가까워지니까.

한 번 실패했다고 낙심하진 마.
첫술에 배 안 부르고
큰 강도 빗물 한 방울로부터 시작되니까.

✚ THINKING ONE

세상 속 내게 다가오는 모든 것들은 바람일 뿐이다.
긴 바람, 거센 바람 짧은 바람, 달달한 바람. 바람이 머무르는 법은 없다.
때가 되면 지나간다.

●

무엇을 주었을 때 행복하면 사랑이야.
추운 겨울(어려움) 파카를 벗어주었을 때
춥지만 행복해지듯
사랑은 내가 궁핍해져도 행복해지는 것.
'어떤 사람을 만났을 때
이 사람이면 내가 궁핍해져도 되겠다' 싶으면
이게 사랑의 기준이야.

반대로
내가 편하려고 만난 사람은
나를 편안하게 만들어주지 않으면
사랑하지 않게 되지.

+ THINKING ONE
밥 주는 게 얄밉지 않은 사람이라면 좋아하는 사람이다.

●

우리는 종종 능력이 없다는 말을 하곤 해.
그러나 이런 말을 하는 사람들의 상당수는
지레짐작으로 하고 있어.
능력이 없다는 건
최선을 다한 사람이 알 수 있는 거야.

●

죽만 먹이면 영양 섭취는 좋으나
소화기관과 이는 발달하지 않는다고 해.
그래서 거친 음식도 먹여야 하듯,
때론 거친 일과 말이
나를 강건하게 만드는 역할도 해준다고.

+ THINKING ONE

사람에겐 가장 익숙한 것이 가장 무서운 것이다.

이별은 슬퍼하되
거기에 나를 너무 빠뜨리진 마.
유통기한이 지난 음식을 먹으면 탈이 나듯
유통기한이 지난 사람과의 관계도 마찬가지로
탈이 나거든.

●

대인기피증의 진실이 뭔 줄 알아?
대인기피의 본질엔 다른 사람을 수용하기 싫다는
약간의 분노가 있대.
그렇기에 대인기피증은
수줍음보다는 분노에 더 가까운
증상이야.

●

사랑을 하면 사람의 몸에서는 세 가지의 호르몬이 나온대.
잠 못 들 정도로 보고 싶게 만드는 도파민
사람을 흥분하게 만들고 긴장하게 만드는 아드레날린
만족하게 만드는 세라토닌.
그런데 시간이 어느 정도 흐르면 이 세 호르몬 중
도파민과 아드레날린이 소강상태가 되어
안정적인 부드러움과 함께 만족감을 오게 만든대.
시간이 흘러 처음처럼 그 사람에게 열정이 없어졌지만
그 사람이 미운 게 아니라면
사랑의 본질이 바뀐 게 아니라 색깔이 바뀐 거야.

+ THINKING ONE
사람이 떠날 때는 줄 게 없거나 주고 싶지 않을 때 떠나는 것이다.

누군가를 정말로 사랑한다면
그 사람이 잘못했더라도
상대방을 다치게 하기 싫어서
나에게 결함을 찾게 되지.
이것은 정말 사랑하지 않으면
안 되는 일이야.

●

남의 탓을 잘 하는 사람이 있어.
사실 남의 탓을 한다는 건
약해졌을 때 나오는 거거든.
그러므로 남의 탓을 하는 사람은
약한 사람이라는 증거야.

●

질투와 시기의 차이가 뭔지 알아?
질투는 사랑이 핵심이고
시기는 사랑이 핵심이 아니라 뺏고 싶다는 욕망이래.
그렇기에 시기의 본성은 파괴지.

+ THINKING ONE

인간은 유혹에 흔들릴 수밖에 없는 존재이다.

사람과 사람이 헤어진다는 건
어쩌면 치명적이 될지도 모를 마지막 칼에
찔리지 않기 위해서일지도 몰라.
사실 싸우는 동안 서로에게 보이지 않는 칼로
찌르고 있는 거나 마찬가지거든.

+ THINKING ONE
성격 차이는 '말이 통하냐 안 통하냐'의 차이다.

●
성숙의 척도가 뭘까?
어렸을 땐 다른 사람 핑계를 대도
성인이 되었을 땐 대지 않는 거야.
만약 누군가 남 핑계를 대고 있다면
아직도 성인이 안 되었다고 봐도 돼.

●
사랑하는 사이나 가까운 사이일수록
맨얼굴을 보여야 해.
맨얼굴을 싫어한다면
관계는 끝나는 거야.

+ THINKING ONE
부부생활에서 가장 큰 고통은 배우자의 바람이다.

●

인간관계에서 가장 중요한 것은 소통이야.
소통 능력이 떨어지면
돈을 못 벌거나 공부를 못하진 않지만
유머 감각이 없어진대.

●

요새 의학과 미용기술이 발달함에 따라
동안들이 많아.
사람이 나이를 먹으면서 지켜야 할 것은
동안이 아니라 동심인데 말이야.

+ THINKING ONE
벽걸이 시계는 짹깍짹깍대며 가고,
고장 난 인간 시계는 착각착각대며 간다.

●

사람이 헤어질 때는
그 사람의 얼굴이 아니라
얼굴 표정(행동, 제스처)과 말하는 방식(말투)을 기억한대.
그 언어가 마음에 들면
관계를 지속시킬 수 있어.

●

집이 불행하면 일찍 결혼하고
행복하면 늦게 결혼한대.
왜냐하면 지금 처한 현실에서는
이 사람보다 자기를 행복하게 해주는 사람이 없기 때문이지.
사랑도 응용이야.
A보다 B가 더 잘해주면 B로 가듯
불행 속에서 살고 싶은 사람은 아무도 없어.

+ THINKING ONE
감정이 생기지 않는다는 건
관심이 없다는 말의 또 다른 표현이다.

●

해(태양) 보기

우리가 인식하지 못할 뿐이지
세상에는 무수히 많은 해가 떠.
눈으로 볼 수 있는 해와
몸으로 느끼면서 보는 해.
지금 이 순간에도 당신은 해를 보고 있어.
나와 책을 통해 소통을 해보고 있잖아.

●

그나마 걸을 수 있고
그나마 먹을 수 있고
그나마 볼 수 있고
그나마 버틸 수 있다는 것
그렇기에
그대는
그나마 행복할 수 있어.

+ THINKING ONE
운도 공을 들여야 온다.
그래서 '운'자를 거꾸로 보면 '공'자가 되는 것이다.

●

안목을 키우려면 많은 시행착오를 겪어야 해.
그러다 보면 처음에 느꼈던 기대와 추측이 맞아 떨어질 때가 와.
처음의 마음은 추측이야.
그래서 안 맞을 수 있어.

●

사람은 왜 철학적이어야 할까?
원래 철학(Philosophia)의 명칭은
그리스어 '필로스(philos, 사랑하다, 좋아하다)+소피아(sophia, 지혜)'의
합성어라고 해.
사랑을 하면 강해지고 지혜가 생기니까.
이것을 얻고자 해야 하는 게 철학이야.

+ THINKING ONE
그게 뭐든 잃는 건 내 것이 아니기 때문이다.
내 것이 아닌 것에 미련을 놓지 못하니 더 수렁에 빠지는 거다.

불확실성에 대한 일말의 기대는
희망이 아니라 고문이야.
고문에서 벗어나려면
불확실성에 대한 기대는
시간에 맡기는 거지.

+ THINKING ONE

인간은 환경과 감정에 좌우되는 존재이다.
그걸 초월할 때 초인이 된다.

●

밥은 힘을 내기 위해서 먹는 거고
마음은 용기를 내기 위해 먹는 것이며
나이는 어른이 되기 위해 먹는 거야.
고로, 나이를 먹었는데 어른이 안 되었다면
나이를 먹은 게 아니라 그냥 흐르는 세월을 먹은 거지.
나이는 '나의(자아) 이치'를 말하는 것이며
나의 이치란, 하나의 이치를 의미하는 거야.
하나란, 하늘과 나를 합친 말이거든.
즉 하늘의 이치를 아는 것이 나이야.
그렇다면 하늘의 이치는 무엇일까?
그것은 자연을 의미해.
자연, 스스로 그러한 것을 말하는 것이 자연이야.
그건 곧 순리지.
그렇기에 나이를 먹는다는 것은 순리에 순응할 줄 아는 것을 말해.
그것이 어른이지.

과시욕은 가진 게 없는 사람이
부리는 객기지.
그러므 불쌍히 여겨야 하는 거야.

선택의 기준은
단점이 다 보일 때
선택하는 거고
버림의 기준은
장점이 다 보일 때 하는 것.

받아들일 때 기준은
안 좋은 것이 다 보일 때고
버릴 때의 기준은
좋은 것을
다 보았을 때야.

●
세상에서 슬픈 일은
사랑하는 사람에게
사랑한다는 말을 못하는 것이고
그보다 더 슬픈 일은
사랑하는 사람이 이 세상을 떠나
부를 수도 없는 거야.
이에
그 사람이 살아있음에 감사해.

+ THINKING ONE
우린 매 순간 이별을 하며 산다.
그렇기에 이별은 인생 속 일상이며 인간 본연의 숙명인 것이다.

실망은 희망을 잃었다는 것이고
포기는 희망을 거두겠다는 거야.

실망은 기대를 잃었다는 것이고
포기는 기대를 거두겠다는 거지.

아직도 내려놔야 할 것을 못 내려놓고 있다면
아직도 덜 무겁고 덜 뜨겁기 때문이다.

●

산을 오르는 이유가 뭘까?
정상에 올라 아래를 보면 손바닥으로 다 가려져.
손바닥으로 다 가려지는 것들 때문에 오늘을 아등바등하며 사는 나를
반성하기 위해서 산에 오르는 거야.

자연은 이런 것이지.
나에게 교육비도 안 받으면서 무한한 것들을 알려줘.
이 사실을 알게 되면
인간은 자연에게 영원한 채무자임을 알게 돼.

●

어떤 사람은 하품만 했을 뿐인데 감이 떨어지고
어떤 사람은 비 피하려고 나무 그늘에 갔는데 새똥이 떨어졌어.
전자는 행운이요, 후자는 재수 없는 일이지.
둘의 공통점은 '무슨 일이 벌어질지 몰랐다'는 거야.
그러나 사실 후자가 재수 없는 일이 아닐지도 모르지.
왜냐하면 그 시간에 비를 피하려고 나무 그늘에 가지 않았다면
새똥이 아니라 번개를 맞았을지 모를 일이기 때문이야.
이렇게 생각하면 그건 액땜한 거지.

✛ THINKING ONE
본래 아무것도 없었다. 그럼에도 불구하고 하나 있다면 없는 것이 있었다는 것뿐이다.

●

사랑과 분노는 서로 반대이지만
알고 보면 상호 보완의 관계이며 동전의 양면이야.
사랑이 분노를 억제시키는 역할을 하고
분노가 사랑이 필요한 역할을 하니까.

✛ THINKING ONE
인간관계에서 헤어지는 가장 큰 이유는 무시이다.

사람을 멀어지게 하거나
떠나가게 하는 것에는
함부로 대하거나
무응답이 있어

날 멀어지게 하려면
함부로 대하면 돼.

●

줄 게 없어졌을 때나 받는 게 끊겼을 때 관계가 끝났다고 봐도 돼.
그렇기에 받기를 바라는 마음은 사랑을 원하는 거야.
사랑하는 사람에게 사랑하는 사람이 우는소리를 하는 것은
사실 사랑이 없어질까 봐 하는 두려움 때문이야.
그래서 눈앞에 여전히 있는데도 불구하고 전전긍긍하며
다시 확인하려 하는 것이지.
사랑이 끊어질까 두려워서.

우리는 인생이라는 물에 떠 있는 배야.

흐르는 대로 놔둬, 운명이니까.

바다로 가는 것도 운명이고

바다로 끝내 못 가는 것도 운명이야.

우리가 할 수 있는 일은 그저 운명을 받아들이는 일뿐이야.

하지만 명심해야 할 일은 바다로 다다르지 못했다고

낙심할 필요가 없다는 거지.

밥 짓는 것에도 순서가 있듯 인생에도 순서가 있어.

오늘 이만큼 했다면 그건 오늘 할당량이지, 내일 할당량이 아냐.

그냥 우리는 오늘 할당량을 했을 뿐이야.

이렇듯 오늘 배가 강물에 떠 있다면

다음 수순은 바다로 순항하는 것이지.

마음은 눈에 보이지 않아.
그래서 생긴 게 심장이야.
이게 심장의 역할이고.
그렇기에 마음에 상처를 많이 받으면
심장을 다치게 하는 거야.

인생엔 프로가 없어.
모두 한 번 살고 처음 사는 인생들이기에.
그러니까 아마추어가 하는 말에 너무 상처받지는 마.

누가 악성 루머를 퍼뜨리건
뭐라 하건, 무슨 짓을 하건
신경 쓰지 마.
본질적 가치는 변하지 않아.
그냥 결과로 보여주면 되는 거야.

+ THINKING ONE
세상에는 좋은 사람, 안 좋은 사람보다는
나와 맞는 사람, 안 맞는 사람이 있을 뿐이다.

●

진솔한 내가 아닌 꾸며놓은 모습으론 오래갈 수 없어.
시간이 흐르면 필연적으로 불행해지거든.
자신을 꾸미는 건 한계가 있어.
거짓으로 꾸밀 때 인간은 진짜 부끄러워져.

+ THINKING ONE

인간은 몸과 마음을 분리할 수 있는
가능한 존재이기에 하나가 아닌 둘이다.

●
그 사람을 좋아하는지 아닌지 알 수 있는 방법이 있어.
맛난 음식을 먹을 때 그 사람이 '생각나느냐, 안 나느냐'야.
그 사람이 나를 좋아하는지 아닌지 알고 싶다면
밥을 먹자고 해봐.
좋다고 하면 당신을 좋아하는 거고
거절하거나 다른 핑계를 대면 당신이 생각하는 만큼
그 사람은 당신을 좋아하지 않는 거야.
원래 사람은 좋아하는 것이 1순위거든.

+ THINKING ONE
"보고싶다"와 같은 말은 "좋아한다"이다.

게으른 사람에겐 부가 오지 않고
핑계를 찾는 사람에겐 발전이 오지 않고
의심을 하는 사람에겐 사람이 오지 않아.

●

인간의 질병 중에 최악의 고통을 주는 질병이
CRPS(복합부위통증증후군)이라는 불치의 병이라고 해.
이 병의 고통은 뼈를 잘 벼른 칼로 슬라이드를 치는 느낌이고
도끼로 내려찍는 고통이며
피부는 물이 살에 닿아도 아프고
불로 데인듯한 고통이 온다고 해.
이 고통은 고스란히 머리카락까지 올라온다네.
상상이나 가는 일이야?
만약 당신이 이 고통보다 덜 아픈 고통을 가지고 있다면
참 다행이라고 여겨.
아직까지 최악은 아니니까.

비참함으로 세상에 대한 증오와 사람에 대한 신뢰를 잃게 된 사람도
자신의 말을 공감해주는 사람이 단 한 사람만이라도 있다면
세상에 대한 증오와 사람에 대한 신뢰도 회복된대.
그런 사람을 우리는 '내 편'이라고 부르지.

+ THINKING ONE
누군가 자기를 좋아해준다는 건 축복이다.

●

꽃은 향기라 부르고
향수는 냄새라 부르지.
왜냐하면 향수에는 기가 없기 때문이야.
기는 살아있는 것들로부터 나오니까.

그 사람의 진짜 모습을 보려면?

술 취한 모습을 보면 돼.

사람은 술에 취했을 때 진짜 본성이 나오기도 하니까.

그리고 약자를 대하는 모습을 보면 돼.

인성이 곧은 사람은 약자 또한 인격적으로 대하거든.

+ THINKING ONE

언어의 핵심은 행동이다.

●

나쁜 남자가 인기가 더 많은 이유가 뭘까?
착한 남자는 열 번 잘하다가 한 번만 잘못하면
그 한 번이 커 보이지만
나쁜 남자는 열 번 못하다가 한 번 잘하면
그 한 번이 감동을 주기 때문이래.
그런데 똑똑하고 현명한 사람은
한 번을 기억하는 사람이 아닌 열 번을 기억해주는 사람이야.

●

사람은 누구나 세 개의 삶을 살고 있어.
사적인 나
공적인 나
그리고 비밀스러운 나

+ THINKING ONE

강물이 굽이쳐도 바다로 가지,
산으로 가진 않는다.

처음 살아보는
인생이라서 그래 괜찮아

초판 1쇄 발행 2020년 2월 20일

지은이 | 오광진
펴낸이 | 임종관
펴낸곳 | 미래북
편 집 | 정광희
본문 디자인 | 디자인 [연:우]
등록 | 제 302-2003-000026호
본사 | 서울특별시 용산구 효창원로 64길 43-6 (효창동 4층)
영업부 | 경기도 고양시 덕양구 화정로 65 한화오벨리스크 1901호
전화 02)738-1227(대) | 팩스 02)738-1228
이메일 miraebook@hotmail.com

ISBN 979-11-88794-59-1 (03800)

값은 표지 뒷면에 표기되어 있습니다.
잘못된 책은 구입하신 서점에서 바꾸어 드립니다.